Les Éditions du Boréal
4447, rue Saint-Denis
Montréal (Québec) H2J 2L2
www.editionsboreal.qc.ca

LILOU
À LA RESCOUSSE

Danielle Choquette

LILOU
À LA RESCOUSSE

Boréal

Les Éditions du Boréal reconnaissent l'aide financière du gouvernement
du Canada par l'entremise du Programme d'aide au développement
de l'industrie de l'édition (PADIÉ) pour ses activités d'édition
et remercient le Conseil des Arts du Canada pour son soutien financier.

Les Éditions du Boréal sont inscrites au Programme d'aide
aux entreprises du livre et de l'édition spécialisée de la SODEC
et bénéficient du Programme de crédit d'impôt pour l'édition
de livres du gouvernement du Québec.

Illustrations de la couverture et de l'intérieur : Virginie Egger

© Les Éditions du Boréal 2009
Dépôt légal : 4ᵉ trimestre 2009
Bibliothèque et Archives nationales du Québec

Diffusion au Canada : Dimedia
Diffusion et distribution en Europe : Volumen

*Catalogage avant publication de Bibliothèque et Archives nationales
du Québec et Bibliothèque et Archives Canada*

Choquette, Danielle

   Lilou à la rescousse

   (Boréal junior ; 98)
   Pour les jeunes.

   ISBN 978-2-7646-0694-0

   I. Egger, Virginie, 1966- . II. Titre. III. Collection : Boréal junior ; 98.

PS8605.H66L542   2009   jC843'.6   C2009-941457-0
PS9605.H66L542   2009

Pour Zab et pour Olga.

À Vincent, merci pour les trois Horaces
et les trois Curiaces, et pour l'amitié.

1

Fuir

Cent jours à la maison, cent jours dans un salon à regarder la télévision. Au moins cent ! Peut-être même un peu plus, car on était à la mi-avril quand je me suis dit : « Lilou, si tu continues à te déplacer du sofa à ton écuelle, de ton écuelle au coussin, du coussin à l'autre coussin, tu vas te transformer en toutou ! »

Eh oui ! J'avais dormi, j'avais rêvé, j'avais mangé. On m'avait caressé, le plein d'affection était fait.

Il était temps que je retrouve la rue, le grand air, la liberté. Il était temps que je redevienne moi-même : Lilou le matou, le coureur de la nuit, l'amoureux de la rue de l'Esplanade.

Mais le problème était le suivant :

COMMENT ALLAIS-JE SORTIR

DE CE SATANÉ APPARTEMENT ?

Il n'y avait plus de doute dans mon esprit, j'étais enfermé dans une cage dorée. Maria et sa maman, Danielle, m'avaient adopté. J'habitais chez elles jour et nuit depuis le mois de janvier. Les premières semaines, je m'y étais trouvé très bien, mais depuis quelque temps je sentais l'appel du grand air.

Dans cet appartement, deux portes menaient à l'extérieur. Celle de la cuisine ouvrait sur la rue, celle du salon, sur un palier intérieur à partir duquel je devrais encore franchir mille obstacles avant de pouvoir mettre le nez dehors.

Le hic ? Danielle et Maria n'ouvraient jamais la porte de la cuisine sans s'assurer que j'en étais loin. Quant à l'autre porte, elles s'en souciaient moins, sachant qu'elles auraient toujours le temps de me rattraper dans les escaliers.

Vous l'aurez compris, le matin où commence mon histoire, je trouvais ma vie bien ennuyeuse. Je ruminais cette pensée quand j'ai entendu une voix traverser la porte du salon :

— Coucou, Lilou, es-tu là ?

— Euh… Oui, je suis là, qui est-ce ?

C'était Bottine, la chatte qui habite au rez-de-chaussée.

— Dis donc, ça te plairait qu'on aille se promener ? Le printemps est arrivé, tu sais.

— J'en crève d'envie, mais je ne sais pas comment sortir d'ici.

— Ben, il s'agit qu'on t'ouvre cette porte. Ensuite, c'est facile.

— Facile à dire, oui !

— Tu te souviens du passage dont je t'ai parlé, celui qui se trouve au sous-sol, derrière les bicyclettes ?

Ça me revenait. En janvier dernier, par un

soir glacial, Danielle était partie à ma recherche et m'avait trouvé complètement frigorifié dans la ruelle, derrière la rue de l'Esplanade. Elle m'avait ramené ici pour ne plus me laisser sortir. C'est à cette époque que j'avais fait la connaissance de Bottine et qu'elle m'avait parlé de ce passage menant à la rue.

— Ah oui, en effet, je m'en souviens.

Si le printemps était bel et bien arrivé, cela expliquait mon sentiment d'urgence. Il n'était plus question que je reste enfermé. Tandis que Bottine continuait de parler, je me répétais : « Sois zen, sois calme, sois tranquille. » Mais, tout au fond de moi, une petite voix disait :

JE VEUX SORTIR… JE VEUX SORTIR… JE VEUX SORTIR…

— Bottine, attends-moi près du passage dans deux jours. Quand le soleil se couchera, j'y serai.

Une fois le rendez-vous pris, il fallait agir. Après avoir réfléchi à ma stratégie de fuite, j'ai adopté le fauteuil de l'entrée, celui qui se trouve près de la porte du salon. Je m'y suis couché dans l'intention de surveiller la porte. Mon plan était simple : tôt ou tard, Maria ou Danielle voudrait sortir. C'est à ce moment que je me faufilerais. Je descendrais les marches à toute vitesse. Bottine m'attendrait au sous-sol, et… vive la liberté !

J'ai alors entrepris une longue attente.

Premier jour : à l'heure où Maria est sortie, je dormais, et j'étais au petit coin quand Danielle a fait de même.

Deuxième jour : ç'a été l'inverse. Sapristi, je venais de manquer mon rendez-vous avec Bottine !

Troisième jour : le miracle a eu lieu. Dans la soirée, Danielle a finalement ouvert la porte. Cette fois, j'étais bien réveillé. Je me suis glissé derrière elle, je l'ai dépassée sans qu'elle me voie. Quatre secondes plus tard, j'étais au sous-sol, face aux bicyclettes.

Immédiatement, j'ai repéré le passage dont Bottine m'avait parlé. On pouvait en effet apercevoir une sorte de trou noir au bas du mur, tout au fond. « Elle a de l'imagination pour croire que cette minuscule ouverture est un passage, me suis-je dit. Selon moi, ça ressemble davantage à un trou de souris. »

Mais avais-je le choix ? Pas vraiment. J'avais raté mon rendez-vous, et Danielle allait se rendre compte que je m'étais sauvé. Il me fallait sortir de l'immeuble au plus vite.

Je me suis faufilé sous les mille bicyclettes et j'ai pénétré dans le microscopique tunnel. En plein milieu, je suis resté coincé. Impossible d'avancer ou de reculer. Tout autour, c'était le noir absolu et l'humidité pesante de la terre froide. J'ai paniqué. Je me voyais enseveli pour l'éternité dans ce couloir, une galerie souterraine de rongeurs qui allait de l'immeuble à la rue. Perdu à jamais ! Disparu ! Mort, peut-être ! Transformé en squelette ! En paquet d'os !

Un jour, en l'an 3000, on parlerait de moi dans un journal :

Squelette de chat découvert dans un trou de souris !

Des os... mâle, adulte, coincé... souris... pauvre chat... prisonnier... à cette époque les souris mangeaient les chats... et blablabla... et blablabla... et patati et patata...

Je me suis ressaisi. Non, ma vie n'était pas finie. Personne ne lirait que des souris m'avaient fait prisonnier ! Personne ne lirait qu'elles m'avaient mangé. Il n'en était pas question. De toute façon, mon heure n'était pas venue, j'étais trop occupé pour quitter ce monde, j'avais encore mille aventures à vivre et, surtout, je voulais revoir mes amis : Choupette, Tonino, Paul et ma dulcinée, Grisette.

C'est alors qu'une voix m'a parlé. C'était celle de ma maman, que j'avais perdue de vue depuis des lustres : « Remue-toi tout doucement. Ne t'énerve pas. N'oublie jamais que les chats se faufilent où ils le veulent. Tu crois qu'on aurait donné cette faculté à tous les minous du monde et pas à toi ? »

Peu à peu, je me suis dégagé. J'ai fini par

entrevoir la lumière. Puis, j'ai senti l'odeur de la rue. Enfin, j'ai entendu le bruit des automobiles et j'ai aperçu le ciel. Encore quelques minutes et j'étais au grand air, sur le trottoir. Sauvé !

C'était merveilleux, j'en frémissais de plaisir. Je traversais la rue et la retraversais en sens inverse. Je dansais en tournant autour des réverbères tout en me demandant s'il valait mieux que j'attende Bottine ou que je m'en aille tout de suite vers ma rue préférée, la rue de l'Esplanade. Tandis que je réfléchissais, un écureuil s'est approché de moi.

2

M'sieur Pinotte

— Z'êtes bien m'sieur Lilou ?

— En effet, c'est moi.

— M'sieur Pinotte, pour vous servir. Mauvaise nouvelle, m'sieur. Choupette vous demande de toute urgence, a besoin d' vous.

— De moi ?

— A dit : « Va chercher Lilou, il habite rue Lajoie, lui seul pourra… » Après, plus rien entendu, suis parti sur-le-champ.

À présent, il faut que je vous explique. J'ai grandi rue de l'Esplanade à Montréal chez mon premier maître qui s'appelait Patrick.

L'automne dernier, il a quitté le pays et m'a confié à Danielle et Maria qui vivent à quelques rues de là. Depuis ce jour, je vagabonde dans mon ancien quartier en compagnie de Choupette et des autres copains quand il ne fait pas trop mauvais temps, et j'habite chez mes protectrices quand il fait froid.

Tout en marchant avec ce M'sieur Pinotte, je continuais de me demander pour quelle raison mon amie Choupette m'avait envoyé chercher, moi ! Je l'ai interrogé et il m'a répondu :

— J'ai dit à Choupette que j' m'en allais faire un tour de l'aut' côté de l'avenue du Parc, elle a dit c' que j' vous ai dit, m'sieur Lilou ! J' veux bien rend' service, mais j'ai mieux à faire que d' savoir c' qui arrive à des chats, pffuufff !

Quand on est arrivés au coin de l'avenue du Parc, avant de me quitter il m'a dit :

— C' pas que vous z'êtes z'ennuyeux, m'sieur, mais faut qu' j'y aille. J' tiens quéqu' planques de nourriture dans l' coin. Faut s'en occuper, voir si tout est OK, si y a pas d' vol, compter c' qui reste de mes réserves. Adieu, m'sieur Lilou.

En sautillant, il s'est dirigé vers un arbre.

De mon côté, j'ai traversé l'avenue du Parc. Trente mètres plus loin, j'atteignais la rue de l'Esplanade, mon royaume. J'allais m'en réjouir, mais l'ambiance était un peu tristounette. On était encore en avril.

3

Les retrouvailles

Avril à Montréal vous laisse parfois rapla-pla. Quand l'hiver a été dur, les branches des arbres sont encore tordues par le froid, les humains sont de la couleur de la vieille neige, ils sont gris. Et ils traînent leurs grosses bottes comme si tout était lourd, lourd. Même les maisons semblent fatiguées. Et pour celui qui vit dehors, il n'y a plus rien de bon à manger. « Pas grave, me suis-je dit, allons voir Choupette, elle m'attend. »

Elle était devant chez elle, sur le perron. Nous étions vraiment heureux de nous revoir.

Comme mon amie est un moulin à paroles, ça n'a pas été long avant que je sache tout, mais alors tout ce qui n'allait pas dans le quartier.

— Il y a deux problèmes assez graves, m'a-t-elle dit. Premièrement, un couple d'étrangers s'est installé dans la cour arrière de la maison de Paul. Deux Russes. Elle s'appelle Olga, lui, Vassia. Elle est enceinte jusqu'aux oreilles, elle est énorme, une vraie patapouf! Grosse, grosse, grosse, elle pourrait rouler sur elle-même. D'après moi, elle attend au moins douze bébés.

Mais là n'était pas le problème.

— Elle peut, si ça lui chante, avoir vingt-quatre bébés ou même trente-deux, a-t-elle ajouté, le problème est que Paul refuse qu'ils s'installent dans SA cour.

Paul avait en effet décrété : « Je ne veux pas d'étrangers dans MA cour car, comme chacun le sait, ils ne vivent pas comme nous ! »

Il faut que vous sachiez que Paul a un caractère particulier. Je suis son ami, mais je reste toujours sur mes gardes avec lui, car il peut avoir de drôles d'idées. J'étais étonné, mais à moitié seulement. Paul aime les disputes, la contradiction et la bagarre. Cette fois-ci, à en croire Choupette, il s'était transformé en chat infect et grossier. Il avait déclaré :

— Des chats qu'on ne connaît même pas, des chats qui ont une couleur étrange, des chats qui mangent de la crème sure, des chats qui ont un accent bizarre… Y a rien à faire avec des zigotos de cette espèce. Chassons-les avant que tous les chats russes de la planète nous envahissent !

Mais ce n'était pas le seul problème. Il y avait aussi Joe, le fils de Zab, qui n'allait pas bien du tout. Tout le monde s'inquiétait de son comportement. Il avait changé. Depuis quelques mois, il refusait de sortir et de jouer. Il ne mangeait pratiquement plus, semblait désespéré et cherchait toujours à se cacher. Il avait peur, mais allez savoir de quoi ou de qui !

— Il faut aider Joe, dit Choupette, et convaincre Paul d'accueillir les Russes.

Je me taisais. Selon moi, elle exagérait. Pourquoi voulait-elle diriger tout ce qui se passait dans la rue ? Elle n'était pas la chef, que je sache. Si, selon Paul, les Russes devaient partir, il avait peut-être raison. Quant à Joe, le petit Joe, il était certainement mignon comme tous les chatons, mais je ne le connaissais même pas. Et s'il était bien enfermé chez lui, pourquoi nous en mêler ? Je n'étais pas tenté de mettre le nez dans de telles affaires. Je voulais courir, me détendre, jouer, manger en compagnie de Tonino et revoir ma douce Grisette. Je voulais m'amuser et je n'avais aucune intention de régler les problèmes des autres.

— Paul terrorise les Russes. Il utilise tous les moyens à sa disposition pour qu'ils déguerpissent.

— Je ne peux pas y faire grand-chose, tu sais, je n'habite plus vraiment le quartier. Personnellement, j'aime bien les étrangers, mais Paul a peut-être de bonnes raisons de vouloir les chasser de sa cour.

— Pffuff, tous les mêmes, les gars, toujours à vous défiler. La seule chose qui vous intéresse, c'est de vous amuser, hein! Jamais le temps de penser aux autres!

Quand Choupette est fâchée, elle n'a pas la langue dans sa poche. Je n'allais pas réussir à me défiler.

— Lilou, on ne peut pas laisser tomber les chats qui souffrent; il faut avoir une certaine générosité dans la vie.

Moraliste comme est Choupette, il m'a semblé inutile de m'opposer à elle, elle n'allait pas me lâcher. « Au travail, me suis-je dit. Je reverrai ma douce Grisette quand le sort du monde sera réglé. »

— Écoute, Choupette, je veux bien essayer de raisonner Paul, mais tu le connais aussi bien que moi, ça risque d'être difficile, car il a une tête en béton.

— Paul est sans-cœur, méchant et… INTO-
LÉRANT !

INTOLÉRANT, pas croyable, INTOLÉRANT.
C'était grave, donc !

4

La négociation

Sur ces entrefaites, Tonino s'est pointé. C'est mon pote, ce chat. Le revoir m'a fait chaud au cœur, j'étais carrément heureux, aussi content que d'avoir retrouvé Choupette. Ce sont mes deux meilleurs amis.

Tonino est toujours prêt à s'amuser, à courir, à nous offrir de manger chez lui de super plats préparés par ses maîtres. Il est aussi très intelligent. Et il sait ce que c'est que d'être un étranger, car lui-même est né au Brésil. Il est venu avec sa famille habiter la rue de l'Esplanade quand il était encore bébé. Mais, à vrai dire, je ne connais pas grand-chose de sa vie parce qu'on aime mieux s'amuser ensemble que discuter du passé.

Tout de même, j'ai pensé que, grâce à son expérience, Tonino saurait convaincre Paul. Il lui ferait voir que la cuisine russe est savoureuse, que les Russes sont vraiment drôles, ou encore que ce sont de grands chasseurs de souris. C'est ça, il fallait repérer l'intérêt que Paul trouverait à les accepter.

— Tonino, voudrais-tu m'aider à raisonner Paul ? Il faudrait le convaincre de laisser le couple russe vivre dans sa cour.

— Oui, c'est exactement ça, a soufflé Choupette, je vais vous laisser y aller tous les deux, moi, je le déteste trop.

— Bof, je veux bien t'accompagner, Lilou, mais je ne crois pas beaucoup à nos chances. Raisonner Paul, c'est ce qu'on appelle une impossibilité scientifique. Mais peut-être qu'il t'écoutera, toi !

Tonino avait confiance en moi. Moi, j'avais

confiance en Tonino. « À deux, nous réussi-rons à le calmer », ai-je pensé. Nous avons laissé Choupette sur son perron et nous nous sommes dirigés vers la maison de Paul.

— Dis donc, Tonino, est-ce que tu sais ce que ça veut dire, « intolérant » ?

— Euh… euh… oui, bien sûr, ça signifie « pas tolérant ».

— Mais encore ? Est-ce que tu pourrais être un peu plus précis ?

— Entre les branches, il me semble avoir entendu dire qu'une personne intolérante a un tout petit esprit, pas large du tout, et même très, très étroit, dans lequel pratiquement aucune idée nouvelle ne peut pénétrer.

Malgré les explications vagues de Tonino, je voyais mieux de quoi il s'agissait. Tandis que nous marchions, j'imaginais une toute petite case située dans le cerveau de Paul. Au-dessus de l'entrée de cette case, il était écrit : « Esprit minuscule ». Cette case était si étroite que per-sonne ne pouvait y entrer, pas même un moustique, et pas une grande idée, encore moins l'idée d'un étranger !

C'était certainement à cause de cette case trop étroite que Paul voulait chasser les Russes de sa cour. « Il faudrait agrandir sa case », me suis-je dit. Un instant, j'ai eu l'impression de mieux comprendre ce qui se passait et d'être capable de trouver une façon de régler le problème.

*   *   *

— Tu es INTOLÉRANT, c'est ce que les chats de la rue pensent de toi, Paul !

— Bof, je me fous de ce que les chats de la rue pensent de moi. D'abord, c'est pas vrai. Je suis sûr qu'il y a *full* chats qui pensent exactement comme moi. Je défends mon territoire, c'est tout. Pas de chats russes ici. Ils m'énervent. D'abord, tu sauras que leur Noël n'est même pas le même jour que le nôtre. Et en plus ils appellent ça la Saint-Nicolas ! Nicolas, c'est ridicule. Nicolas n'a rien à faire là-dedans ! Je connais un Nicolas et il n'a rien du père Noël. En plus, la femelle attend plein de bébés, ça va brailler tout à l'heure, et j'aime la tranquillité.

Tonino était tellement en colère que le noir de son poil est devenu tout rouge :

— La femelle, comme tu dis, espèce de microscopique esprit de mes fesses, s'appelle Olga. T'es tellement stupide, Paul, tu peux pas savoir à quel point t'es stupide.

Après un silence, Paul a repris :

— La vérité, c'est que c'est MA cour, je la veux pour MA famille, pour MON amoureuse et pour MES enfants.

— Mais t'as pas de famille, Paul, t'es célibataire, a dit Tonino.

— N'oublie pas que les chats ne restent pas longtemps en famille, ai-je osé.

— Moi, je resterai toujours avec ma Gigi.

— C'est qui, Gigi ?

— Pas de vos affaires.

Sur quoi, Paul a tourné les talons et s'en est allé. Tonino et moi sommes restés là, un peu confus, sur le trottoir devant chez lui.

— Allons à l'arrière, je vais te présenter Olga et Vassia. Ils sont sympas.

— Dis donc, Tonino, tu ne trouves pas que Paul est bizarre ? C'est quoi ce « pas de vos affaires » ?

— Il dit n'importe quoi, ne t'inquiète pas.

Je le sentais, quelque chose m'échappait. Paul ne me regardait plus dans les yeux, son regard était fuyant. Avant, il était peut-être un peu *fendant,* mais il était droit. Qu'est-ce qu'il mijotait ?

À mes côtés, Tonino était silencieux. Il réfléchissait. Il se demandait peut-être, lui aussi, qui était cette Gigi !

5

Olga et Vassia

— Vassia, Olga, êtes-vous là ?
(Silence.)

— Olga, Vassia, êtes-vous là ?
(Re-silence.)

Nous nous sommes étendus par terre dans un coin de la cour et le sommeil nous a gagnés sur-le-champ. Je ne sais pas combien de temps a duré notre sieste, mais le soleil avait traversé le ciel quand j'ai senti deux museaux penchés au-dessus de moi. J'ai entrouvert les yeux. Quatre yeux jaunes sur deux têtes orangées me fixaient.

— Hummm…

— Hummm…

Tonino, qui était derrière, a dit :

— Chère Olga, cher Vassia, je vous présente Lilou. On va tous vous donner un coup de main. Choupette insiste pour qu'on vous sorte du pétrin.

— Ah, cette merveilleuse madame Choupette, s'est extasiée Olga. Si vous, Lilou, êtes comme cette dame Choupette, la solution à notre problème de résidence ne sera pas longue à trouver.

Une fois complètement réveillé, j'ai pu constater que Choupette avait raison : Olga était enceinte jusqu'aux oreilles. Jamais je n'avais vu un ventre traîner à terre à ce point. « Ses bébés naîtront tout ratatinés », ai-je pensé.

Après les présentations, Olga et Vassia nous ont raconté leur aventure : comment ils avaient immigré à Montréal en février.

À Moscou, ils vivaient tous deux dans un

grand immeuble. Voisins de palier, ils étaient tombés amoureux l'un de l'autre et n'avaient plus voulu se quitter. Chaque jour ils se retrouvaient, chaque soir ils devaient réintégrer leurs appartements respectifs, ce qui déchirait le cœur d'Olga.

Vassia aimait bien sa vie à l'époque : il habitait seul avec son maître, un homme d'affaires solitaire et tranquille. Olga vivait dans une famille nombreuse ; or elle détestait le bruit. Quand elle avait su qu'elle était enceinte, elle avait fait une scène à Vassia :

— Ça ne peut plus durer, il est temps que nous vivions ensemble, je n'ai pas l'intention d'éduquer nos chatons toute seule. On ne m'y prendra pas !

Vassia était très épris d'Olga, il voulait la rendre heureuse et, surtout, il voulait améliorer l'ambiance. « Que faire ? » se demandait-il. C'est alors qu'il avait eu une idée géniale (c'est du moins ce qu'il nous a rapporté). Son maître avait été invité à un congrès à Montréal, en

Amérique. Vassia avait trouvé un dépliant touristique sur la table du salon et s'était empressé de l'apporter à Olga, qui l'avait trouvé magnifique.

·················

Montréal

Lieu merveilleux.

Beau temps tout le temps.

Quand il neige tout est blanc.

Les chats sont hyper gentils.

On y mange comme des rois.

Les étrangers y sont les bienvenus.

Bref, c'est le paradis.

Et en plus il y a l'assurance-maladie !

··············

— Cette ville me semble formidable, avait-elle dit.

— Nous prenons l'avion demain matin. Viens me rejoindre ce soir dans ma cage. Nous sommes de la même couleur, mon maître est tellement distrait qu'il ne verra jamais que nous sommes deux.

En effet, ç'avait été un jeu d'enfant. Le maître de Vassia n'avait rien vu. Ils avaient tous trois pris l'avion. À leur arrivée à Montréal, le maître avait loué une chambre au Ritz-Carlton. Il ne fréquentait que les grands hôtels : « La pauvreté me démoralise, affirmait-il. Or, je dois préserver mon moral, c'est capital car je suis une personne d'une immense importance. »

— De là, a poursuivi Vassia, nous avons pu nous faufiler dans les cuisines ; vous dire les bonnes choses qu'on a mangées au passage serait trop long. Après avoir visité la buanderie, on a trouvé la sortie de derrière et…

Tout à coup, de grands battements d'ailes se sont fait entendre. Des centaines de mouettes tournoyaient au-dessus de la cour. Ne me demandez pas ce qu'elles faisaient là en cette saison, je n'en sais rien. Elles éjectaient sur nos têtes autant de crottes qu'elles le pouvaient. Nous, on essayait de se protéger tant bien que mal, mais sans grand succès. Elles s'en donnaient à cœur joie en lançant de grands cris.

Ce n'était pas tout : quatre molosses, d'énormes chiens, fonçaient vers nous en aboyant à tue-tête. Pendant quelques minutes, ç'a été l'affolement. Olga avait les poils dressés sur tout le corps, Vassia miaulait haut et fort, Tonino lançait des regards désespérés vers moi, tandis que, de mon côté, je *capotais*. J'étais au bord de l'évanouissement.

Paul, du haut de son balcon, en rajoutait. Il encourageait ses troupes : « Allez, mes amis, attaquez ces maudits chats, surtout les étrangers qui mangent de la crème sure dans MA cour. »

C'est alors que Tonino nous a fait signe de le suivre. Il avait repéré un espace entre le sol et la clôture. Nous pouvions passer dans la cour voisine et, de là, rejoindre la ruelle. Nous nous sommes glissés sous la clôture. Puis nous avons dévalé la ruelle à une vitesse d'enfer pour nous retrouver tous les quatre derrière le resto brésilien.

Fiouff, ils ne nous avaient pas suivis.

6

Petit Joe

Tous les quatre, nous avions si faim que nous avons dévoré tout ce qui se trouvait... dans la poubelle. Eh oui, malheureusement, la porte arrière du resto, qui ouvrait sur la ruelle, était fermée. Rien à faire, on a dû se contenter des restes des clients de la veille : vieux os de poulet, restants de poisson, serviettes de papier, pelures d'ananas (dur, dur à mâcher), sauce tomate séchée... Inutile de dire que c'était moyen, comme repas.

Après une petite toilette, on a trouvé un coin pour dormir un peu.

— Je crois que Paul est devenu fou, a dit Tonino avant de s'enfoncer dans un sommeil profond.

Olga et Vassia n'ont pas dit un mot, ils semblaient épuisés. Après quelques minutes de silence, j'ai constaté qu'ils s'étaient tous les trois endormis. Les chanceux ! Moi, je continuais de m'inquiéter. Ces maudits chiens allaient peut-être nous retrouver.

C'est alors que Choupette et Zab sont arrivées.

On a toujours surnommé Zab « la petite ronde à lunettes ». On dirait une boule, tellement elle est rondelette, et le pourtour tout blanc de ses yeux est encerclé d'une ligne noire, ce qui donne l'impression qu'elle porte des lunettes. Habituellement joyeuse, elle semblait cette fois complètement dépitée. Choupette m'a expliqué ce qui se passait.

Zab habite l'avenue Jeanne-Mance, voisine de la rue de l'Esplanade. Elle est la maman du petit Joe, qui n'a que six mois. Ils ne vivent plus ensemble : il y a quelques mois, Joe a été adopté par des voisins. Mais, de loin, sa maman veille toujours sur lui. Or, son bébé adoré ne sort pratiquement plus de chez lui. Il perd du poids (lui qui est déjà si petit) et il semble tourmenté.

— Quelque chose cloche, a murmuré Zab.

— Lilou, tu pourrais peut-être encourager Joe à parler. Tu es un mâle, lui aussi, vous vous comprendrez bien. En plus, Joe est le fils de ton frère. Tu sais, ton frère le voyageur. C'est toi, j'en suis certaine, qui es en meilleure position pour l'aider. Tu as une responsabilité.

— Cou' donc, Choupette, pourquoi est-ce que tu tiens tant à ce que je règle les problèmes de tout le monde ? Tu m'énerves à la fin. Je ne suis pas psychologue, je suis un chat normal, pas le sauveur des mal-aimés. Est-ce que j'ai l'air de faire partie des Bénévoles-cœur-sur-la-main-toujours-et-tout-le-temps ?

— Euh… ben, tu ne voudrais pas laisser le petit Joe souffrir ? a susurré Choupette.

Zab me regardait, découragée. Je me suis repris.

— Non, bien sûr que non, il n'est pas question de laisser souffrir Joe.

Il était clair que je n'aurais pas de sitôt le temps d'aller voir ma bien-aimée Grisette. Je devais d'abord rencontrer Joe, le faire parler, l'aider, lui que je ne connaissais même pas. Mon frère, quel frère ? Je l'avais à peine connu, et un beau jour il avait déclaré à notre mère : « Il n'y a rien à faire dans cette ville, je pars à l'aventure. » Personne ne l'avait jamais revu. Et, aujourd'hui, il fallait que je veille sur son fils. Décidément, la vie est étrange, les responsabilités des autres vous incombent parfois.

— Bon, je vais y aller. Où est-ce qu'il habite, ce petit ?

Tandis que Tonino, Olga et Vassia continuaient à dormir, Zab et Choupette m'ont accompagné jusqu'à la maison de Joe, qui se trouve derrière la cour de l'école. Quand nous avons été tout près, Choupette et Zab se sont arrêtées, et moi, j'ai continué.

J'ai grimpé à la fenêtre. Elle était ouverte.

— Joe, petit Joe, es-tu là ?

(Rien.)

— Joe, petit Joe, es-tu là ?

(Toujours rien.)

— Joe, petit Joe…

J'ai appelé au moins dix fois comme ça. Puis j'ai hurlé :

— JOE, PETIT JOE, ES-TU LÀ ?

À ce moment, j'ai entendu un miaulement craintif. Une toute petite chose a grimpé sur la table de la cuisine. Petit Joe était pas mal ébouriffé, il avait les yeux vert pomme et de longs poils gris, tout comme moi. On aurait dit mon fils, mais, je le savais, j'étais son oncle. En tout cas, notre ressemblance me rendait, au moins en partie, responsable de lui.

— Dis donc, Joe, ta mère est inquiète. Elle dit que tu as perdu ta bonne humeur.

Après un long silence :

— Ma mère ? Si ma mère est inquiète, pourquoi est-ce que je n'habite plus avec elle ?

— Parce que ta mère vit chez des gens qui ne veulent qu'un seul chat, et leur chat, c'est Zab. Chaque fois qu'elle a des bébés, ils sont envoyés chez Mohamed, à l'animalerie. Les gens qui désirent avoir un chat se rendent chez lui. Toi, tu as été chanceux, les voisins t'ont adopté, tu aurais pu être acheté par des gens qui vivent très loin d'ici.

Il n'a rien dit. J'ai repris :

— Tu n'es pas un peu maigrichon pour ton âge ?

Pour toute réponse, j'ai entendu un grand bruit dans son estomac ; on appelle ça un borborygme. Il avait faim. Devant une écuelle pleine, il parlerait sans doute plus facilement. Mais il fallait d'abord le faire sortir de chez lui.

— Aimes-tu l'agneau, le bœuf, la morue, le poulet, le veau ?

Il me regardait, les yeux de plus en plus ronds. Il ne disait rien.

— Je m'en vais manger toutes ces bonnes choses, ai-je dit. Si tu as faim, tu n'as qu'à me suivre.

Je me suis mis en marche, en espérant qu'il me suivrait. Après dix pas, je me suis retourné discrètement : il était à la fenêtre, il m'observait. J'ai fait dix autres pas, je me suis retourné, il était sur le perron. Dix autres encore, il était dans la cour… Il me suivait de loin. J'avais gagné mon pari.

Une bonne quinzaine de minutes plus tard, j'étais à l'arrière du resto brésilien, chez Tonino. Joe me suivait et, ô miracle, la porte était ouverte.

7

Petit Joe se confie

Adrianna, la maîtresse de Tonino, était en train de préparer le repas du soir de ses clients. Quand elle m'a vu, elle s'est exclamée :

— Eh, Lilou, tu es de retour ! Oh, tu es toujours aussi beau ! Où étais-tu tout ce temps ? Enrico, viens voir, Lilou est ici avec un jeune chat, ils se ressemblent comme deux gouttes d'eau. C'est sûrement son fils !

J'ai miaulé, mais elle n'a pas compris que je disais : « Ce n'est pas mon fils, c'est mon neveu. » Les humains ne comprennent pas notre langage, alors, la plupart du temps, ils supposent ou ils inventent. Ils aiment bien trouver des explications à tout.

La maîtresse de Tonino a déposé devant nous deux écuelles débordant de mets délicieux. Le petit a dévoré sa part en quelques secondes. Tout de suite, il a semblé aller mieux. Ensuite, il s'est lavé, puis il a voulu dormir. Mais je l'interrogeais.

— Joe, tu dois me dire ce qui se passe chez toi. Pourquoi crains-tu de sortir de ta maison ? Pourquoi manges-tu si peu ? Pourquoi es-tu si apeuré ?

(Silence.)

— Joe, je ne pourrai pas t'aider si tu ne dis rien.

(Silence et soupir.)

— Joe, JE VAIS ME FÂCHER !

(Silence.)

— Joe, je sais garder un secret, ce que tu me diras restera entre toi et moi.

Il a dit, tout bas :

— Tu le jures ?

— Je le jure.

— Il y a trois chats qui se sont installés sous le perron de la maison voisine. Dès que je sors pour jouer, ils m'attaquent. En plus, je dois leur remettre toute la nourriture qu'on me donne. Ils m'ont dit : « Fais ce qu'on t'ordonne et ne parle de nous à personne, sinon : *couick.* »

— *Couick* ?

— Oui, *couick* !

Je n'avais aucune idée de ce que voulait dire *couick,* mais il m'a semblé que ça ne devait pas être agréable. Il fallait sauver le petit Joe. Comment faire ? Primo, en parler aux autres (je ne pouvais pas garder ce secret pour moi seul), deuzio, affronter ces petits voyous.

— Joe, écoute-moi bien. Je peux t'aider, mais il faut que tu me laisses en parler à Choupette, Tonino, Olga et Vassia, et même à ta maman. Tout seul, je n'y arriverai pas.

Il avait l'air de regretter ses révélations. Moi, je savais qu'il fallait agir rapidement. Par chance, les copains se sont pointés au resto au moment où le petit s'endormait. Je leur ai expliqué la situation. Chacun avait une solution :

• Zab voulait tuer les voyous.

• Choupette et Vassia voulaient un combat à trois contre trois.

• Olga refusait que son Vassia se batte : « Il sera bientôt père, dit-elle, il faut le ménager. »

• Tonino proposait de négocier le départ des Affreux vers un autre quartier, voire un autre pays ou une autre planète. « Qu'ils aillent vivre ailleurs. Si on s'en débarrasse, on sera tranquilles », a-t-il dit.

• De mon côté, je me contentais de recueillir les avis de chacun.

À force de discuter, nous nous sommes entendus sur la proposition suivante : nous allions organiser un combat entre les Affreux et trois des nôtres. Si les Affreux perdaient, ils devaient déguerpir immédiatement du quartier. Si nous perdions, nous devions les nourrir tout le temps qu'ils y habiteraient. Tout un contrat ! Il fallait gagner.

L'issue de cette bataille était toutefois incertaine.

— Nous sommes forts, dit Tonino, mais pas si forts que ça. Surtout toi, Lilou, tu as perdu tes muscles ces derniers temps.

Il est vrai que j'étais mou, la vie de pacha dans un salon ramollit à coup sûr un chat. Personne n'osait le dire, mais le plus puissant et le plus guerrier d'entre nous, c'était incontestablement Paul. J'ai mis de côté mon orgueil :

— Et si on demandait à Paul de prendre part à la lutte ?

— Pffuff, cet intolérant ! a dit Choupette.

— Est-ce qu'il acceptera de se battre aux côtés de Vassia ? Je n'en suis pas certain, même s'il adore la bagarre, a dit Tonino.

Il n'y avait qu'une façon de le savoir : le lui demander. Évidemment, personne n'était très chaud à l'idée de le revoir après ce qu'il nous avait fait la veille. Tonino a fini par se dévouer. Je voyais dans ses yeux qu'il espérait très fort que les chiens ne soient plus là.

8

Les Affreux

Alors que Tonino s'en allait discuter avec Paul de la possibilité de se battre, Choupette et moi allions proposer le combat aux Affreux.

Nous sommes entrés dans la cour de chez Joe, ils étaient dans le jardin du voisin à se pavaner sous le soleil.

— Hummm, bonjour, messieurs. Si vous attendez le petit Joe, vous pouvez toujours espérer : il ne reviendra pas de sitôt et, en plus, il nous a tout dit.

Ils ont pris un air menaçant.

— Ah, il a parlé. Alors ça y est, c'est *couick* pour lui, a dit l'un d'eux.

Choupette rageait :

— Espèces de petits vauriens de cacas pourris ! Vous vous croyez tout permis, vous vous imaginez qu'on peut profiter des autres impunément. Eh bien, détrompez-vous, votre heure de gloire tire à sa fin. Demain soir, la lune sera pleine, nous organisons un combat : vous trois contre trois des nôtres, à minuit, avenue Jeanne-Mance. Et comptez sur nous, vous allez perdre !

— Tu crois nous faire peur, la p'tite rousse ! C'est pas parce que tu cries fort que tu nous intimides. Et pourquoi on accepterait de se battre ? a dit l'un d'eux.

J'ai pris la parole.

— Écoutez, les gars : c'est une proposition. Si vous perdez le combat, vous prenez le train à la gare qui se trouve au coin de la rue et vous ne revenez plus jamais dans le quartier. Si vous gagnez, on vous garantit trois souris par jour pour toute votre vie.

— Ouais, c'est pas mal comme proposition. D'abord, j'ai bien envie d'une bonne bataille, et j'aime le goût des souris. En plus, y a pas grand-chose à faire par ici. De toute façon, on est si costauds qu'on est sûrs de vous vaincre.

Non seulement ils étaient affreux, mais en plus ils étaient prétentieux et semblaient ultra-puissants. Je craignais qu'ils battent notre équipe en quelques secondes. J'avais le sentiment qu'on venait peut-être de s'embarquer dans une aventure pas drôle du tout.

Mais l'invitation avait été lancée et acceptée. Choupette et moi sommes partis tout de suite. Nous avons traversé la cour d'école et longé la rue.

Paul et Tonino étaient sur le trottoir, ils discutaient.

— Tu dis que je dois faire équipe avec toi et ce Russe ? disait Paul. Il a intérêt à être d'attaque. Je me bats pour gagner, moi.

Il a ajouté :

— C'est vrai que Lilou est plus mou qu'avant. Il s'est laissé aller depuis quelques mois. Mais, dans le fond, j'ai toujours été plus fort que lui.

Paul me tournait le dos, il ne m'avait pas vu. Je trépignais de colère. Ce type a une capacité extraordinaire d'oublier la réalité quand elle ne fait pas son affaire. Dans le temps, j'étais nettement plus fort que lui. Bien sûr, il ne tenait pas à se le rappeler !

Pour convaincre Paul de participer au combat, Tonino lui avait probablement dit quelque chose du genre : « Toi qui es si fort et si habile, tu peux vraiment nous aider. Lilou n'y arrivera pas, c'est clair. »

Vaniteux. Paul était vaniteux. Le moindre compliment lui montait à la tête en une milliseconde. J'ai pensé : « Faible, moi ? Pfffff ! »

À mes côtés, Choupette riait. Elle m'énervait.

En même tant que tout ça, j'imaginais Grisette. De là où je me trouvais, j'entrevoyais sa maison et la fenêtre à laquelle elle avait l'habitude de m'attendre. Que devenait la merveilleuse Grisette ? Elle m'en voudrait certainement de ne pas être allé la retrouver dès mon retour.

J'ai ressenti tout à coup une distance entre Grisette et moi. Il y avait moins d'urgence dans mon cœur. Je m'ennuyais d'elle, pourtant je ne faisais rien pour la revoir.

9

Le combat

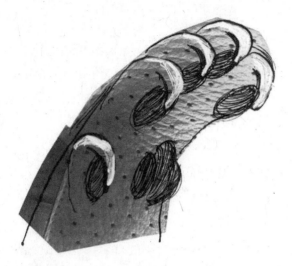

Le lendemain, nous avons dormi toute la matinée. À midi, nous avons mangé au resto des maîtres de Tonino, puis nous nous sommes préparés au combat.

La négociation s'était bien déroulée. Paul avait accepté de se battre aux côtés de Vassia, car ce dernier était, selon Tonino, un frère d'armes à sa hauteur! Pendant l'après-midi, nous avons discuté de différentes tactiques. Vassia en connaissait long sur les techniques de bataille. Après avoir abondamment parlé de la question, nous avons arrêté une stratégie.

À la fin de la journée, Zab et Joe nous ont rendu visite. Zab était nerveuse, mais pleine d'espoir. Joe, quant à lui, avait très peur que nous perdions le combat.

— Si vous êtes battus, a-t-il dit, vous serez peut-être morts, tous… Et si vous êtes morts, je serai seul et ils recommenceront à me faire du mal.

Choupette, qu'on pourrait surnommer « miss Optimiste », était confiante :

— Il faut toujours orienter sa réflexion vers les solutions, dit-elle. C'est ce que nous avons fait. Il ne nous reste plus qu'à récolter les fruits de la victoire.

Moi, j'étais dans mes petits souliers, me répétant qu'il était impératif que je redevienne le chat que j'avais été autrefois : un véritable matou. Aujourd'hui, on m'avait nommé arbitre, cela signifiait-il que je vieillissais ?

Olga semblait contente de la tournure des événements, bien que Vassia ait à se battre :

— Depuis que Paul et Vassia ont un

ennemi commun, Paul ne parle plus de nous déloger de sa cour. Ils discutent même de l'aménagement des lieux.

— Rien de tel qu'un ennemi commun, ça rapproche toujours, ai-je observé.

En fin d'après-midi, je me suis levé pour trouver quelque chose à nous mettre sous la dent avant la bataille. J'ai remonté la ruelle en fouillant un peu partout. La récolte (trois souris, deux boulettes de viande, un peu de gras, des morceaux de poisson et de pâté) a fait plaisir à nos trois lutteurs, qui se sont empressés de l'engloutir.

Après une bonne toilette (nous sommes propres, nous, les chats) et une courte sieste, nous nous sommes rendus sur le lieu du combat. La lune nous éclairait.

Vassia, Tonino et Paul ont alors pris place devant Affreux 1, Affreux 2 et Affreux 3.

J'ai dit : « Un, deux, trois, go ! » La bataille a commencé.

En un rien de temps, Tonino était *knock-*

out : Affreux 2 l'avait terrassé. Deux minutes plus tard, c'était au tour de Vassia : Affreux 1 l'avait vaincu.

Paul s'est alors mis à courir comme s'il voulait s'échapper. Un instant, j'ai pensé qu'il était lâche. Les trois Affreux couraient derrière lui. Affreux 1 s'apprêtait à le rattraper. Subitement, Paul s'est arrêté. Il s'est retourné et a fait tomber Affreux 1 en lui assénant un énorme coup de patte. Affreux 1 était *kaputt*.

Paul a repris sa course. Encore une fois, on aurait juré qu'il s'évadait. Affreux 2 se rapprochait dangereusement.

Sans prévenir, Paul a stoppé, s'est retourné et, d'un nouveau coup de patte, il l'a envoyé valser dans un jardin… où il s'est affalé de tout son long.

Paul est immédiatement reparti. Au moment où il a senti qu'Affreux 3 le rattrapait, il s'est arrêté, il a fait le dos rond, et Affreux 3, emporté par son élan, a littéralement volé au-dessus de Paul pour aller s'écraser un peu plus loin. Paul n'a eu qu'à lui mettre la patte dessus, Affreux 3 était hors de combat.

Pendant cinq bonnes minutes, aucun des trois affreux ne s'est relevé. Grâce à Paul, nous avions gagné.

— YOUPI, YOUPI, VIVE PAUL, C'EST LE PLUS FORT, LE PLUS GRAND, LE PLUS PUISSANT !…

D'intolérant qu'il était, Paul était passé héros. « Les opinions sont comme des papillons, elles virevoltent », c'est ce que Choupette m'a dit à l'oreille.

Affreux 1, 2 et 3 ne bougeaient toujours pas. Joe dansait dans la rue. Zab respirait enfin profondément. Olga réconfortait Vassia. Tonino se remettait tranquillement de l'affrontement. Choupette et moi, nous étions ravis. Paul avait en effet été génial, il venait de nous éviter un long esclavage.

— Cette manœuvre date d'il y a long-temps, elle est inspirée du combat des trois Horaces et des trois Curiaces. C'est Vassia qui m'en a parlé.

— Eh bien, Paul, tu me surprendras toujours ! ai-je dit. Mais, dis donc, qu'as-tu décidé à propos d'Olga et de Vassia ?

— Oh, finalement, ils vont rester dans ma cour. Nous allons la partager : moi et ma Gigi, sous la galerie, lui et Olga, tout près de la petite cabane.

— Dis-moi, est-ce que je la connais, cette Gigi ?

— Heuuu… heu… Écoute, Lilou, je suis pressé, on se reparle bientôt, d'accord ? À la revoyure…

Décidément, Paul avait un secret. Je suis resté avec les autres. Lentement, Affreux 1, 2 et 3 se sont relevés, ils étaient en piteux état. Ils n'avaient pas envisagé la possibilité d'une défaite. L'échec est toujours lourd à supporter.

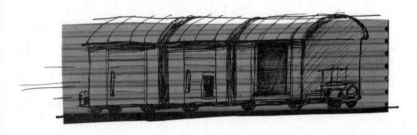

10

Les cours

Paul n'avait pas été trop cruel envers les trois Affreux : il s'était contenté de leur donner un coup à chacun, si bien qu'ils guériraient rapidement, même si pour le moment ils faisaient un peu pitié à voir.

Affreux 1 a lentement dirigé son regard vers moi.

— Et il va où, ce train ?

— Aucune idée, bonhomme, probablement quelque part à la campagne.

— Et qu'est-ce qu'on mange à la campagne ?

— Normalement des souris, des mulots, des petites bêtes.

— J'sais pas chasser, et mes copains non plus. On va crever.

Et il a fait mine de s'évanouir.

— Comment est-il possible que vous ne sachiez pas trouver votre nourriture ?

— On ne sait pas, c'est tout, on n'a jamais appris.

J'étais plus qu'étonné, je ne pouvais pas imaginer qu'on ne sache pas se nourrir. On ne pouvait pas les laisser partir sans qu'ils apprennent, parce que, en effet, ils crèveraient de faim.

Choupette a suggéré :

— Lilou, tu pourrais leur montrer à fouiller dans les ordures, tu fais cela très bien.

— C'est une idée. Et toi, Vassia, tu pourrais leur enseigner à chasser les souris.

— Pourquoi pas ?

— Et nous, ont dit Tonino et Choupette en chœur, nous leur expliquerons comment charmer les gens, c'est toujours utile pour avoir à manger.

Avant de les accompagner à la gare, nous allions donc leur donner quelques leçons de chasse à la nourriture. Dès le lendemain, tandis que les trois Affreux continuaient de récupérer, nous avons déterminé en quoi consisteraient les cours.

Cours de Lilou

Comment fouiller dans les ordures. Quels sacs choisir. Quelles odeurs rechercher. À quelle heure faire ce travail. Comment laisser les sacs dans un état qui ne choque pas trop les humains pour éviter les coups de pied.

Cours de Vassia

Comment repérer les souris. Quelles autres petites bêtes rechercher. Comment les mettre K.-O. sans les détruire complètement si on veut les offrir ou pour que ce soit joli dans l'écuelle. Comment montrer aux humains qu'un chat peut être utile en tuant les petites bêtes afin d'éviter qu'elles mangent ce qu'ils cultivent.

Cours de Choupette et Tonino

Comment charmer les humains. Quel miaulement pousser pour être sûr d'obtenir sa pitance. À quelle heure faire cette demande. Quand ne pas les déranger. Comment repérer un bon maître. Comment faire croire à un humain qu'il est votre maître alors que vous êtes le sien.

Tout tombait bien : il y avait une école à quelques pas, nous nous sommes installés dans la cour de récréation. Il va sans dire que les leçons se donnaient la nuit, car nous sommes plus alertes dans l'obscurité.

C'est ainsi que les trois Affreux ont tout appris sur la façon de se nourrir. Les cours ont duré trois semaines. C'étaient des élèves un peu lents. En fait, je soupçonne qu'ils n'avaient pas très envie de nous quitter, parce que finalement nous nous amusions bien ensemble.

À la fin du mois de mai, ils se débrouillaient à merveille. Ils étaient si efficaces que, un soir, Paul est venu nous rendre visite. Il nous a dit, à Choupette, Vassia, Tonino et moi :

— Écoutez, les bons chats tout-gentils-

gentils (ce qui signifiait dans son langage *téteux-téteux*). À cause de vos trois élèves, nous n'aurons bientôt plus de fonds de poubelles à nous mettre sous la dent ni de souris à déguster, sans compter que les gens charmants apprécieront tellement les Affreux qu'ils ne nous donneront plus de nourriture, à nous. Alors, si vous souhaitez avoir faim, vous êtes sur la bonne voie, mais moi, ça ne me tente pas !

Paul avait raison. Il était temps de convaincre les Affreux de remplir leur part du contrat. Je me suis décidé à leur parler.

— Vous vous débrouillez plus que bien, maintenant. Vous devez donc accomplir la deuxième partie du plan, c'est-à-dire aller vivre à la campagne. Il y a un train qui part demain dans la nuit.

— Mais nous aimerions rester, a dit Affreux 2.

— Impossible. Si ça continue, c'est nous qui aurons faim. Vous aimerez la campagne, il paraît que les souris y sont succulentes.

En fait, je ne connais rien de la campagne, je n'y ai jamais mis les pieds, mais on m'a raconté qu'il y a beaucoup d'espace et des milliers de petites bêtes qui se promènent dans les champs.

Les Affreux ont fini par céder. Ils partiraient dans la nuit du lendemain.

Nous voulions tout de même donner une fête en leur honneur. Mais, avant, j'avais quelque chose à faire. Maintenant que j'avais accompli mon devoir (au moins cinq semaines s'étaient écoulées depuis mon retour), il était temps pour moi de rendre visite à Grisette, qui continuait d'occuper mes pensées.

11

Grisette

Quand je suis arrivé devant chez Grisette, elle était à la fenêtre, toujours aussi jolie. Une seconde, elle a semblé contente ; la seconde suivante, déçue ; un peu tendue ensuite.

— Bonjour Grisette.

— Bonjour Lilou.

— …

Les retrouvailles étaient froides. Le silence était lourd. Et si plus rien n'était comme avant ? me suis-je dit.

— Lilou, il faut que je te parle, mais je ne sais pas par où commencer.

— Euh…

— Il y a plusieurs mois, tu es parti, et je, je, je…

— Je quoi ?

— Je, je, j'ai…

— J'ai quoi ?

— J'ai ren…

— J'ai « ren » quoi ?

— J'ai rencontré un autre chat, plus présent que toi, qui habite dans cette rue toute l'année et qui vient me voir chaque jour.

C'était vrai : j'avais moins pensé à Grisette au cours des dernières semaines. Il m'avait semblé que notre lien s'affaiblissait, mais là, au moment où elle a parlé, j'ai reçu un choc : j'étais triste en même temps que fâché !

— C'est qui, ce maudit chat ?

— C'est euh… C'est euh… C'est…

— C'EST MOI, s'est exclamé Paul qui arrivait derrière moi.

Je me suis retourné. C'était donc ça, le secret de ce petit salopard. Gigi, c'était Grisette.

Sa Gigi, celle qu'il aimerait toute sa vie, celle avec qui il aurait tout plein de petits chatons. Et moi, dans cette histoire, qu'est-ce que je devenais ? Un *loser*, un perdant, un tout seul au monde que personne n'aime et qui n'aime personne !

— Eh bien, je vous souhaite une tonne de malheurs ! ai-je dit.

Et je suis parti me réfugier sous mon ancien perron, celui de la maison bleue. C'était là que j'avais attendu si souvent que le vent tourne, que la chance me fasse un sourire, là aussi que je m'étais reposé et que j'avais parfois repris mes esprits.

Durant la nuit qui a suivi, j'ai rêvé d'éliminer Grisette et Paul. Je voulais les voir souffrir : « Peut-être qu'ils pourraient se faire écraser par une auto », me disais-je. J'ai imaginé que tous les chats les détestaient et qu'on leur interdisait dorénavant d'habiter rue de l'Esplanade. J'ai vu Grisette devenir laide, laide, laide, et Paul disparaître dans la brume.

Après cet accès de colère, je me suis senti nul. J'ai pensé que je n'étais qu'un égoïste, que je ne valais rien, que tout le monde allait rire de moi, que personne, jamais, ne pourrait aimer quelqu'un d'aussi stupide qu'une espèce de Lilou, un chat de salon, un chat mou, un chat qui se mêle de la vie des autres au lieu de s'occuper de la sienne. À la fin de mon délire, malheureux comme les pierres, j'ai dit adieu à Grisette dans mon cœur. Puis je suis tombé dans un profond sommeil.

J'ai dormi douze heures.

— Lilou, Lilou, es-tu là ?

C'était la voix de Choupette. Mes oreilles se sont dressées, mes yeux se sont ouverts.

Tout de suite, j'ai senti que ma colère avait fait place à une certaine paix. J'étais encore secoué, épuisé même, mais j'étais plus calme. La colère s'était éteinte, il me restait le chagrin.

J'ai rampé de sous le perron. Choupette me regardait avec sa gentillesse habituelle.

— Allez hop, Lilou, il faut qu'on s'y mette :

c'est la fête ce soir, et on n'a encore invité personne ni rien préparé.

Pendant qu'on marchait vers le resto de
Tonino, j'ai dit :

— Dis donc, Choupette, as-tu déjà eu une
peine d'amour ?

— Euh, oui, déjà, oui… Mais c'était il y a
bien longtemps, il y a si longtemps en fait que
je ne me souviens plus trop de l'effet.

— Eh bien, je vais te dire, Choupette, ça
fait qu'on se sent nul et triste.

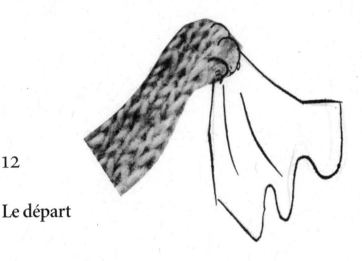

12

Le départ

Maintenant que nous les connaissions mieux, nous aurions volontiers appelé les Affreux par leurs vrais prénoms, s'ils avaient bien voulu nous les dire, mais ils avaient préféré conserver leurs surnoms.

— Affreux 1, Affreux 2, Affreux 3, c'est très branché, avait statué Affreux 3. Ça donne l'impression qu'on est des *bums,* et c'est super.

La fête devait avoir lieu à la gare. Lorsque nous sommes arrivés chez Tonino, Zab était déjà là, elle tenait à participer aux préparatifs.

— Il est important d'inviter tout le monde,

a-t-elle dit, car tout le monde mérite d'être invité !

La logique de Zab m'apparaissait étrange, mais l'idée était bonne. Choupette, Tonino et moi avons essayé de n'oublier personne. J'ai commencé :

— Les trois Affreux, Joe, Paul, Olga, Vassia, Zab, Choupette, Lilou, je crois que c'est tout.

— Et Grisette, bien sûr, a ajouté Tonino.

— D'accord, ai-je dit, tout en pensant : « Ciel, je vous en prie, faites qu'elle ne puisse pas sortir ce soir, faites que ses maîtres n'ouvrent pas la porte de la journée. »

Et, pour changer de sujet, j'ai demandé à Choupette :

— Est-ce que tu crois que M'sieur Pinotte accepterait d'assister à notre petite fête ?

Je pensais aussi à inviter Bottine, ma voisine, mais je savais bien que je n'aurais pas le temps d'aller la chercher. Alors j'ai laissé tomber l'idée.

— Bon, je crois qu'on n'a oublié personne,

a dit Choupette. Maintenant, je vais me rendre sur les lieux. Occupez-vous du repas et des invitations, je me charge de la décoration.

Nous avons travaillé toute la journée. Tonino et moi avons fait le tour du quartier pour récolter des denrées. Zab s'est occupée d'inviter tout le monde. Quand la nuit est venue, nous nous sommes tous retrouvés à la gare. Le printemps était bien amorcé maintenant, et l'humeur de tous s'en ressentait.

Choupette avait vraiment fait du beau boulot : il y avait des guirlandes partout, et de la musique aussi. Joe est arrivé avec des copains ; il avait retrouvé le goût de vivre sitôt le combat terminé et sortait de nouveau beaucoup de chez lui, si bien qu'il avait maintenant plusieurs amis. Il était fier, il savait qu'il comptait pour nous tous, et ça lui faisait du bien.

Olga et Vassia se sont joints à nous un peu plus tard. La bedaine d'Olga avait disparu. Radieuse, elle a déclaré :

— J'ai mis au monde les plus beaux chatons de l'univers ! Le seul problème est qu'ils sont tellement nombreux que je n'arrive pas à les compter.

— Dites donc, ils ne sont pas un peu ratatinés, vos petits ? ai-je osé.

— Ratatinés ? Mais pas du tout, ils sont si beaux que nous les avons nommés Krassota 1, Krassota 2, Krassota 3, Krassota 4, Krassota 5…, et ainsi de suite. « Krassota » veut dire « beauté » en russe. Si on arrive à les distinguer, ce sera déjà pas mal. Ils se ressemblent vraiment beaucoup !

Paul est arrivé seul en expliquant que les maîtres de Grisette n'avaient pas ouvert la porte de la journée. J'ai soufflé. Je n'étais pas encore prêt à revoir Grisette. Au milieu de la soirée, il s'est approché de moi :

— Tu sais, Lilou, l'amour est plus fort que tout, il finit par gagner quand il est vrai. On n'a pas fait ça contre toi, on l'a fait pour nous.

— Je sais bien. Votre bonheur, franchement, je n'ai rien contre.

Bon, pour tout vous dire, je crânais un peu. Je ne suis pas très noble de cœur. Disons que je crois qu'il vaut mieux ne pas trop faire d'histoires avec les sentiments. De toute façon, si j'ai perdu Grisette, il est inutile de m'accrocher. « Mieux vaut cuver sa peine et aller de l'avant », c'est ce qu'aurait dit mon grand-oncle.

— Dis donc, Paul, ces chiens et ces mouettes que tu as lancés sur nous, qu'est-ce qu'ils sont devenus en fin de compte ?

— Bof, quand vous vous êtes sauvés, ils se sont retournés contre moi. Ç'a été long de leur faire comprendre que cette cour n'était pas la leur, j'ai dû inventer une histoire.

— Laquelle ?

— Que le chat tout gris à poils longs qui se trouvait dans la cour était en fait un magicien et que, s'ils s'installaient dans cette cour, le malheur s'abattrait sur eux.

Ça me faisait tout drôle d'entendre qu'il avait fait de moi un chat magicien. C'était assez flatteur, finalement.

Tandis qu'on discutait, M'sieur Pinotte est arrivé — en compagnie de qui, croyez-vous ? Nulle autre que ma copine Bottine. Elle m'a raconté qu'il lui avait fallu plusieurs jours pour comprendre que je n'étais plus dans l'appartement, et que c'était finalement M'sieur Pinotte qui l'avait renseignée.

On a dansé toute la nuit, on a mangé toutes sortes de bonnes choses, M'sieur Pinotte était très drôle, seul écureuil au milieu de notre groupe de chats. Il essayait d'imiter nos miaulements, sans y arriver évidemment.

Au petit matin, le train s'est fait entendre. Il est entré en gare. Les portes se sont ouvertes. Quand les cheminots ont commencé à circuler, nous nous sommes cachés pour faire nos adieux à nos amis. Il y avait beaucoup d'yeux humides. Affreux 1, avec qui j'avais sympathisé, m'a dit :

— Lilou, je t'enverrai mon adresse par un pigeon. Si un jour tu souhaites nous rendre visite, n'hésite pas une seconde. Ce sera notre tour de te faire la classe. Nous t'enseignerons les bienfaits de la nature !

Ils ont sauté dans un wagon. Nous étions émus. Finalement, nous les aimions bien, ces zigotos, et nous savions tous qu'ils allaient nous manquer. Quand le train est parti, il y a eu un long silence.

J'ai fermé les yeux et je me suis surpris à désirer qu'on prenne soin de moi. C'est alors que j'ai pris la décision de rentrer chez Maria et Danielle. Après tout, c'est peut-être dans ce salon, en compagnie de mes protectrices, que je pourrais dormir en toute sécurité. Je me suis approché de Bottine :

— Je vais rentrer avec toi. Je vais aller me reposer un peu, parce qu'ici, c'est sûr, je n'y arriverai pas. Demain, un nouvel événement surviendra, et Choupette me dira : « Lilou, Lilou, tu n'aurais pas envie d'aller à la rescousse d'un tel ou d'une telle ? »

Épilogue

Hier, j'ai reçu une carte des Affreux. Magnifique! Ils adorent la campagne. C'est le bonheur total.

Cher Lilou,

Ici, c'est cent fois mieux qu'à la ville. Les odeurs, quoi t'en dire, mon vieux ? Ça sent la terre et non l'essence. L'horizon ? On voit loin, le ciel est immense, les nuages sont libres, on peut imaginer tout ce qu'on veut sans que nos rêves aillent heurter un mur de briques. On court dans les champs, on se fait des muscles ! En plus, on est indispensables, mon ami. On habite une ferme pleine de petites bêtes, comme tu dirais, et ces petites bêtes, on a pour mission de les chasser… Et on est bons en ti-pépère.

Passe nous voir un de ces jours.

Affreux 1

Table des matières

AUTRES TITRES AU CATALOGUE

Ce livre a été imprimé sur du papier 100 % postconsommation,
traité sans chlore, certifié ÉcoLogo
et fabriqué dans une usine fonctionnant au biogaz.

MISE EN PAGES ET TYPOGRAPHIE :
LES ÉDITIONS DU BORÉAL

ACHEVÉ D'IMPRIMER EN OCTOBRE 2009
SUR LES PRESSES DE MARQUIS IMPRIMEUR
À CAP-SAINT-IGNACE (QUÉBEC).